Der geheimnisvolle Buchladen

Riccarda Luce

Der geheimnisvolle Buchladen

Roman

Inhalt

Lisa geht durch das Städtchen und sucht den Buchladen, den sie kaufen will. Sie erkundigt sich bei einem Mann nach dem Weg. Der erste Mensch der ihr begegnet und gleich so gutaussehend, denkt sie. Nichtsahnend, das dieser Mann ihre grosse Liebe wird. Er ist aber nicht ganz frei. Sie erlebt schöne und schmerzliche Momente. Wird sie ohne diese Liebe leben können?

Der Buchladen wird zum Treffpunkt für Menschen und Schicksale, die alle miteinander verknüpft sind.

1

Ich gehe die Strasse entlang und suche diesen ominösen Buchladen, er steht zum Verkauf. Ob er alt ist? In einer Gasse, wo man nicht hinkommt? Ich frage einen älteren Mann, der vorbei kommt, er trägt eine Mütze und eine Brille. „Den Buchladen suchen sie?", er wiegt den Kopf, was bei mir schon Unbehagen auslöst, also doch ein alter Laden. „Da oben", sagt er, „die Strasse rechts, ist aber nicht viel los, deshalb muss sie verkaufen. Ein echter Ladenhüter, kommt fast niemand mehr, geht alles in die Stadt". Soll ich umkehren oder doch hingehen? Der Preis ist ja erschwinglich.

Dann stehe ich vor dem Laden. Da ist ein Schild „Marias Bücher", kein Mensch ist drin. Als ich reinkomme, bimmelt eine alte Glocke, was mir wenigstens ein Lächeln entlockt. Eine ältere Dame kommt mir entgegen mit einem herzlichen Lächeln: „Ist ja schön, dass heute doch noch jemand kommt" und erkundigt sich, ob ich ein Buch suche. Als ich ihr das Inserat zeige und sage, ich sei am Geschäft interessiert, schüttelt sie den Kopf und meint, ob ich mir das nicht noch mal überlegen will, der Laden bringe nicht mal mehr die Ausgaben herein. Sie ist die Besitzerin Maria Raffi. Ich denke an mein Erspartes. Aus einer Erbschaft hatte ich Glück und bekam unverhofft Geld. Mein Traum war schon immer einen ungewöhnlichen Buchladen zu übernehmen für Kinder, Erwachsende und was sonst noch kommt.

Dieser ältere Mann mit dem verschmitzten Lächeln und der Brille ist sicher hier im Ort zu Hause. Die Begegnung war leider zu kurz, gerne hätte ich ihn nach seinem Namen gefragt. Ich glaube, dass er sicher sehen will, was ich aus dem Laden machen werde. Mal schon ein neugieriger Anfang meinerseits.

Der Laden ist alt, er hat eine Treppe, die nach hinten leicht nach oben führt, dort hat es auch Bücher, neue und liegengebliebene, die keiner mehr kauft. Vorne ist eine ältere Kasse, die passt zum Laden. Hinten hat es eine kleine Kochstelle, einen Tisch, zwei Stühle, Tassen und Kaffee und einen kleinen Kühlschrank. Wenigstens hat es hier einen Raum, wenn man was Essen will und nicht weg kann. Es gibt einiges zu streichen und umzubauen, ein wenig heller, gemütlicher, eine Sitzecke, etwas mehr Licht, weniger Bücher, damit man besser sieht, was man hat. Viel Arbeit, dazu brauche ich Helfer, Frau Raffi, so stundenweise, da wäre mir sicher sehr geholfen, wenn sie einverstanden ist. Als ich sie Frage, ob sie den alten Mann kennt, meint sie, vom Vorbeigehen schon, aber dagewesen sei er noch nie. Vielleicht wird sich das ja ändern, wenn er mich im Laden hantieren sieht. Frau Raffi ist einverstanden, dass ich den Laden übernehme, es ist doch schon 40 Jahre ihr Buchladen, sie sei darin ihr halbes Leben gewesen und aufgewachsen.

Wir gehen zusammen Essen und so erfahre ich etwas aus ihrem Leben. Ihr Mann hat immer im Laden mitgeholfen und vieles gemacht, er sei eine grosse Hilfe gewesen. Vor zwei Jahren ist er gestorben. Seither ist ihr Leben leer und einsam geworden, trotz aller Bücher. Auch plage sie seit einiger Zeit das Rheuma, sodass sie manchmal, wegen der Schmerzen, den Laden geschlossen lassen muss. Daher kommen auch weniger Kunden. Etwas muss ich hier ändern, Bücher alleine ist zu wenig. Ein Ort zum Verweilen, zum Kaffee trinken, einen Imbiss geniessen, plaudern, so etwas wie einen Treffpunkt, sonst sitze ich dann wirklich auf den Ausgaben.

2

Als wir vom Essen zurückkommen, steht ein kleines Mädchen vor der Tür. Frau Raffi erklärt mir, dass Tina im zweiten Stock oberhalb des Buchladens mit ihrer Mutter wohnt, aber meist nach der Schule alleine zu Hause ist und immer zu ihr kommt, etwas Kleines isst und dazu eine heisse Schokolade bekommt. Auf die Schokolade freut sie sich besonders, weil es, wie sie sagt, die beste Schokolade der Welt ist. Tina mustert mich und fragt, wer ich sei. Frau Raffi sagt, ich sei Frau Christian und werde ihren Buchladen kaufen. Kleinlaut fragt Tina, ob sie dann auch zu mir kommen dürfe? Ganz sicher, ich freue mich schon darauf. Besonders im Winter ist sie froh, weil es auf der Strasse kalt ist und zu Hause noch niemand wartet. Die Mutter kommt erst am späteren Abend von der Arbeit heim. Frau

Raffi erzählt mir, dass der Vater von Tina lange krank war und gestorben ist. So ist es für das Mädchen besonders schwer allein zu sein. Ich frage, wie es denn der Mutter geht, Frau Raffi meint, nicht so gut, das Geld reicht einfach nicht und da sie nichts gelernt hat, hilft sie im Restaurant im Dorf. Wenn sie etwas Besseres arbeiten will, muss sie in die Stadt gehen, so wäre Tina noch mehr allein. Tina sitzt gerne in ihrer Ecke und schmökert in ihren Lieblingsbüchern. Manchmal lächelt sie, wenn sie etwas liest.

Auch erfahre ich, dass der ältere Herr mit der Brille eine kranke Frau hat und deshalb immer allein einkaufen geht. Er redet nie viel, wenn man ihn sieht, was soll er auch erzählen? Von seiner Frau, mit der er vierzig Jahre glücklich war, bis diese Krankheit gekommen ist, seine Frau immer mehr vergisst und einfach nur still da sitzt? Und doch hat sie Freude, wenn er ihr das Essen zuberei-

tet und mir ihr spricht, ihre Augen strahlen, irgendwie nimmt sie ihn doch wahr, wenn er lächelt, das selbe Lächeln, dass sogar mir aufgefallen ist.
Ein junges Paar wohnt in der Wohnung über dem Laden, da geht es manchmal hoch her, er arbeitet nicht, hat die Arbeitsstelle verloren. Sie geht arbeiten, er legt sich wieder hin, was soll er schon mit dem Tag anfangen. Manchmal liegen sie sich in den Haaren, es wird laut. Grüssen tut er gar nicht, ist ja nicht nötig, so gut wie der aussieht. Wenn sie dann heimkommt, gehen sie zusammen weg, sie sind halt noch jung, da hat man noch alles vor sich.

Ich sehe mir im Laden alles genauer an, vieles muss ausgewechselt werden. Die Gestelle sind alle dunkel, eine hellere Farbe würde den Raum freundlicher machen. Auch in der Küche hat es zu viele Möbel, hier gibt es viel zu tun und zu räumen. Nach einem langen Gespräch verabschiede ich mich von Frau

Raffi und gehe zum Bahnhof. Hier im Ort gefällt es mir. Ich glaube, dass ich mich hier wohlfühlen und gut einleben werde.

Am Montag überlegen Frau Raffi und ich, wie der Laden geräumt wird, so ein Ausverkauf der Bücher ist eine Heidenarbeit. Ich bin froh, wenn ich Frau Raffi helfen kann, da bekomme ich eine gute Übersicht. Die Bücher werden im Preis reduziert, was nicht verkauft wird, landet schlussendlich im Brockenhaus.

Als ich am nächsten Tag komme, freut sich Frau Raffi und wir machen uns daran, Prospekte zu entwerfen für den Ausverkauf. In der Hoffnung, dass viele Bücher verkauft werden, so gibt es für Frau Raffi zusätzlich etwas Geld.

Viel Geld ist in letzter Zeit nicht herein gekommen, durch den Laden, sodass die Reserven bei Ihr immer kleiner werden, auch ist sie oft müde, es sind einfach zu viele Gedanken, was mit dem Laden werden soll. So ist sie um meine Hilfe froh und zählt die Tage, bis alles vorbei ist. Ich bin froh, dass ich Frau Raffi habe. Sie kennt die Leute und es macht einen guten Eindruck, wenn ich durch sie alle kennenlerne. Wir sind in dieser Zeit gute Freunde geworden und so ist sie für mich die Maria und ich für sie die Lisa.

Die Prospekte haben wir verteilt und die Bücher neu angeschrieben, für Kinder haben wir Körbe gefüllt, so können sie darin herumwühlen, was ihnen sicher Spass machen wird. Einen Korb haben wir mit Gratisbüchern gefüllt, damit auch sicher jedes Kind mit einem Buch heimgehen kann.

Nun warten wir auf Kundschaft. Zuerst läuft gar nichts, aber so gegen Mittag kommt doch Bewegung in den Laden, Kunden kommen und wir haben alle Hände voll zu tun. So geht es bis Abends. Als wir schliessen, ist die

Freude gross, wir lachen über den Erfolg.

Auch der ältere Herr war da und hat drei Bücher gekauft, leider hatte ich keine Zeit mit ihm zu sprechen, so ist er wieder gegangen. Er kommt am letzten Tag des Ausverkaufs nochmal und kauft zwei Bücher, so habe ich endlich Zeit mich vorzustellen. Er sagte sein Name ist Michael, ich traue mich nicht, ihn zu fragen, ob es der Vor- oder Nachname ist, aber er passt zu ihm. Er fragt noch, wie der Laden werde, so genau weiss ich es auch noch nicht. Jedenfalls so eine Kaffee-Ecke vielleicht mit Broten, Früchten, damit die Leute einen kleinen Imbiss haben, ohne etwas kaufen zu müssen, so kommen sie dann öfter vorbei. Die Idee findet er gut und er sagt, es könne noch etwas werden, er werde dann sicher beim Einkaufen reinschauen und einen Kaffee trinken. Ich fragt ihn, wie es seiner Frau geht, er blickt traurig und meint, von Tag zu Tag immer ein Schritt schlechter. Er

werde sie dann irgendwann wohl ins Heim bringen müssen, wenn es ihm mit der Pflege zu viel wird. Es ist schon sein schweres Schicksal für diesen lieben Menschen.
Nach zwei Wochen haben wir doch einen gewaltigen Teil der Bücher verkauft, danach kommen die Leute vom Brockenhaus die restlichen Bücher abholen. Dann ist der Laden leer. Maria ist froh, dass ich ihr bei dem Ausverkauf so geholfen habe, sie hätte nicht gewusst, wohin mit all den alten Büchern und nun gibt es auch noch zusätzliches Geld, dass sie gut brauchen kann.

3

Der Laden gehört nun offiziell mir. Als ich aufschliessen will, warten schon zwei Arbeiter vor der Türe, um die Gestelle und einiges andere abzubrechen und zu entsorgen. Ich habe sie bestellt und sie sind viel früher da, als ich gedacht habe. Es gibt viel Staub und Schmutz, sodass dann noch ein Putzdienst kommen muss, bevor der Maler anfangen kann. Als die Arbeiter fertig sind, sieht der Laden viel grösser aus, ohne die dunklen Möbel.

Am anderen Tag kommen drei Männer vom Putzdienst, sie putzen den ganzen Tag. Man sieht schon von weitem, dass es sauber ist, ich bin froh, dass alles so schnell geht.
Am nächsten Tag stehe ich im Laden und warte auf den Maler, als er kommt und wir die Arbeiten besprechen, ist

mehr zu machen, als ich dachte und die Kosten sind auch einiges höher.
Auch muss neues Mobiliar gekauft werden, in der Küche neue Tische und Stühle. Als Hauptfarbe wähle ich hellorange, für den hinteren Raum ein leichtes grün, der ist ganz für die Kinder, dort soll ein kleines Paradies mit Stofftieren entstehen. Die Kaffee-Ecke in einem gemütlichen Gelb.

Tina hat bei dem Rummel, der im Laden herrscht, nicht oft vorbeigeschaut, aber sie hat ein paar Bücher mitgenommen zum Lesen. Ich habe ihr noch einige auf die Seite gelegt, die sie später mitnehmen kann, so hat sie Beschäftigung, bis bei mir etwas Ruhe eingekehrt ist.

Als der Maler am nächsten Tag wieder da ist, meint er, der Kühlschrank sei defekt, es hat eine Wasserlache auf dem Boden. Als ich in der Küche stehe, sehe ich den Schaden, der Kühlschrank ist nicht mehr zu retten. Da es nachts passierte, ist der Boden nun auch nicht mehr zu gebrauchen, so dass ich ihn reparieren lassen muss. Auch wieder unerwartete Ausgaben, abgesehen von einem neuen Kühlschrank.

Als ich zwei Tage später wieder den Laden betrete, hat der Maler den vorderen und hinteren Raum schon gestrichen. Richtig schön sonnig, sodass man sich schon die Bücher darin vorstellen kann. Nun muss ich mich noch um die Regale kümmern, sie sollen weiss sein, es macht den Raum grösser, man sieht die Bücher auch besser. Zusätzlich müssen noch hübsche Lampen aufgehängt werden mit einem warmen Licht. Die Stühle sollen bequem sein, dass die Leute sich wohl fühlen darin. Ich höre sie schon lachen und erzählen, es macht mir eine riesen Freude diesem Laden neues Leben zu geben.

Als ich am Samstag komme, ist alles fertig, der Maler hat wirklich perfekte Arbeit geleistet. Am Montag kommen die Regale und der neue Kühlschrank. Die Möbel für die Kaffee-Ecke sind zwei Tage später da. Auch die neuen Bücher sollen bald geliefert werden, die ich in kleinen Mengen und aus diversen Sparten bestellt habe, da ich erst sehen muss in welche Leserichtung die Kunden wollen. Die Bücher müssen angeschrieben werden, ich werde Maria fragen, die sicher gerne stundenweise helfen kommt.

Am Abend gehe ich zu Maria, ich will sehen wie es ihr geht. Als sie mich hereinbittet, trinkt sie gerade einen Kaffee und hat einen feinen Zopf auf dem Tisch. Sie strahlt, als sie mich sieht und stellt noch eine Tasse dazu. Den Zopf hat sie selber gemacht, er schmeckt wirklich ausgezeichnet. Sie hat eine schöne Wohnung, natürlich hat sie auch eine ausgesuchte Büchersammlung. Ich bin schon froh, dass Maria stundenweise helfen kann, so habe ich Zeit die anderen Arbeiten zu erledigen.

Als ich am Montag in den Laden gehe, wartet schon Maria auf mich. Die Buchlieferungen sind da. Der Kühlschrank steht schon an seinem Platz, die Tische und Stühle stellen wir auch dazu, es sieht modern aber trotzdem gemütlich aus. Die Küche im feinen gelb mit den weissen Möbeln sieht sehr einladend aus, der Boden ist repariert und sieht aus wie neu.

Am Mittag gehen Maria und ich ins Restaurant essen, Tina nehmen wir mit, heute werde ich sicher Tinas Mutter kennenlernen. Sie ist schmal, sieht aus wie Tina, als sie uns sieht, huscht ein Lächeln über ihr hübsches Gesicht. Tina rennt stürmisch auf sie zu, sie herzen und küssen sich. Tina sagt aufgeregt, ich sei die neue Buchhändlerin, sie dürfe mir bei der Kindereinrichtung helfen. Ich bin froh, dass ich für Tina eine kleine Aufgabe gefunden habe und sie lachen kann.

Als wir essen, kommt Tinas Mutter zu uns an den Tisch, so lernen wir sie auch ein wenig besser kennen. Das Arbeiten hier falle ihr schwer, es sei nicht gut, wenn Tina so allein ist, auch wenn Maria zu ihr schaut. Schön wäre es wenn sie mehr für Tina da sein könnte. Ich überlege, ob ich sie nicht im Laden brauchen könnte, ein grosser Lohn wäre nicht zahlbar, aber sie könnte wenigstens von der Arbeit mal weg und wäre für Tina da. Als ich Tinas Mutter frage, ob sie bei mir arbeiten wolle, umarmt sie mich und Tränen rollen über ihr Gesicht. Sie sagt nur Danke, mehr kann sie nicht sagen. Tina schaut mich an und staunt, was sie da hört und freut sich schon ihre Mutter wieder mehr zu sehen. Es herrscht eine riesen Freude bei allen. Tinas Mutter sagt, sie heisse Angela. Als wir zum Buchladen zurück gehen, springt Tina voller Freude um uns herum, lacht und ist froh, wie schon lange nicht mehr.

Am anderen Morgen, als ich den Laden öffne, steht überraschend Angela da und sagt, sie durfte gleich gehen. Die Chefin vom Restaurant hat sie genommen, um ihr zu helfen, damit sie etwas verdienen konnte. Um ihre Hilfe bin ich froh, so kann Maria zu Hause bleiben, da sie heute wieder die Schmerzen plagen. Angela klebt nun die Preise auf die Bücher, die sie auf der Liste findet. Später kann sie an der Kasse arbeiten, die Bücher einpacken und kassieren. Eine Arbeit, die ihr gefällt, die sie gerne macht, es gibt für sie auch sonst einiges zu helfen, dass ihr nicht schwer fällt. Ich muss noch Spielsachen und Stofftiere einkaufen für die Kinderabteilung, dann wäre alles komplett. Die nächsten Tage geben viel zu tun, am Samstag wollen wir eröffnen und es müssen noch Plakate und Prospekte gemacht werden, die wir in die Briefkästen verteilen werden und in den Geschäften im Ort aufhängen. Die Prospekte geben mehr zu tun, als wir angenommen haben, aber am Abend sind sie fertig.

4

Plötzlich steht Michael im Laden, seine Fröhlichkeit und Lächeln sagt uns genug, also ist der neue Laden ein Erfolg. Er meint, es sehe sehr gut aus, einladend, deshalb sei er auch gekommen. Die Freunde steht ihm ins Gesicht geschrieben. Als ich sage, dass die Prospekte noch verteilt werden müssen, meinte er, da könne er helfen, seine Frau schlafe und die Nachbarin sei da, so können wir sie doch noch heute verteilen. Wie ich mich freue mit ihm spazieren zu gehen, das tut mir gut nachdem ich den ganzen Tag im Laden war. Wir sprechen nicht viel, es tut einfach gut neben ihm zu gehen. Als wir fertig sind, geht er seinen Weg nach Hause und ich zum Bahnhof, aber mit dem Versprechen wieder mal spazieren zu gehen, auch ohne Prospekte zu verteilen. Sein Lächeln begleitet mich den ganzen Weg entlang.

Am anderen Tag kommen die Spielsachen und die Stofftiere, für die ich einen grossen Korb hingestellt habe, die Kinder werden sich freuen. Heute muss noch die Kaffee-Ecke fertig überlegt werden, ich versuche es mal mit Gebäck und Früchten, will sehen, ob es gut ankommt. Für die Kinder gibt es Knusperzeug, die keine Flecken machen, sonst ist dann schnell alles klebrig. Die Stühle in der Kinderabteilung sind bunt, ebenso die zwei kleinen Tische. Wenn die Kinder etwas zu trinken wollen, müssen sie zu Angela, damit nichts auf den Boden fällt.

Am Samstag bei der Eröffnung warten Maria, Angela und ich was an Arbeit und Kunden auf uns zukommt. Tina sitzt schon in der Kinderabteilung auf einem bunten Hocker und liest in einem Buch. Dann sind sie da die Kunden, viele sind gekommen, sogar Michael. Er sagt, er Helfe mir am Abend Ordnung zu machen, er hätte Zeit, die

Nachbarin sei bei seiner Frau. Ich kann gar nicht sagen, wie mich das freut. Ich bin beschwingt und das Lächeln fällt mir heute leicht. Es ist so ein schöner Tag, die Leute freuen sich, dass alles so modern und gemütlich geworden ist, auch sind viele Kinder gekommen, das war ein Staunen bei ihnen, die Spielsachen kommen gut an und werden rege gebraucht. Auch bei den Knuspersachen wird zugegriffen, es gibt viel zu lachen und manches lustige Kinderbuch wird gekauft.

Bei den Erwachsenen kommt die Kaffee-Ecke gut an, sie ist bequem geworden, lädt zu Unterhaltungen und Diskussionen ein. Manches Buch geht über den Ladentisch und die Kunden sagen, dass sie gerne wieder kommen, so können wir einen guten Kundenstamm aufbauen. Am Abend sind wir müde, aber glücklich, es war doch ein guter Anfang. Angela und Maria schicke ich pünktlich nach Hause, es war genug für sie, sie sind froh, dass sie gehen können.

Als Michael und ich allein sind, machen wir zuerst einen Kaffee und setzen uns. Er meinte, es sei gut möglich, dass er mir hie und da helfen könne, so hätte ich auch Zeit für anderes, wie Einzahlungen, die auch gemacht werden müssen. Ich hätte ihn nicht gefragt, aber ich bin froh, dass er helfen will, vor allem da es auch Bücher zum Versenden gibt, so könnte er die zur Post bringen. Wir räumen alles auf und langsam geht der Abend zu Ende. Michael begleitet mich zum Bahnhof, wo ich meinen Zug nach Hause nehme, so ergibt sich die Gelegenheit noch ein wenig zusammen zu sein.

Die ganze Woche läuft der Laden gut, Angela und ich haben viel zu tun. Immer wieder kommen auch Kinder in den Laden und fragen, ob sie genug Geld dabei haben für ein Buch, ich habe für solche Fälle vorgesorgt und in der hintersten Ecke einen Korb mit Büchern, ganz billig, fast gratis, dort dürfen die Kinder wühlen und finden jedesmal etwas.

Auch Michael kommt oft vorbei. Wir reden viel und dann fragt er mich, ob ich gerne seine Frau besuchen möchte, ich sage ihm, am Sonntag würde es gehen.

Am Sonntag, als ich am Bahnhof ankomme, steht Michael schon da und wartet beim Zug auf mich. Das ist eine grosse Überraschung, womit ich nicht gerechnet habe. Es freut mich, dass er so aufmerksam ist. Er lacht sein leises Lachen, dass einem warm uns Herz wird, wieviel Herzlichkeit dieser Mann ausstrahlt.

Wie wir bei ihm Zuhause ins Wohnzimmer kommen, sehe ich seine Frau am Fenster in einem Sessel sitzen. Ich gehe zu ihr, sie sitzt still da, ich nehme ihre Hände, sie sieht mich an, das Lächeln ist fern, sie ist nicht da und doch ist da etwas liebes, warmes. Ich setze mich zu ihr und kann verstehen wie sehr Michael diese Frau liebt.

Sie muss eine schöne Frau gewesen sein, aber die Krankheit hat doch Spuren hinterlassen. Michael macht Kaffee, Kuchen hat er vorher in der Bäckerei geholt, er gibt seiner Frau den Kuchen mir einer Gabel in den Mund, da sie nicht mehr selber Essen kann. Es wird ein schöner Sonntag, am Abend helfe ich ihm Agnes, so heisst seine Frau, ins Bett zu bringen. Als ich gehe, fragt er, ob ich wieder komme. Gerne werde ich sie besuchen, er freut sich sehr, es komme halt schon niemand mehr, seit sie krank ist. Es ist immer das gleiche, als ob der Mensch ein anderer wäre, dabei kann man gerade in dieser schweren Zeit Freunde gebrauchen. So gehe ich nach Hause mit dem Gedanken, dass zwei so wertvolle Menschen so einsam sind.

Das junge Paar oberhalb des Ladens zieht aus, da er eine Stelle an einem neuen Ort gefunden hat und der Arbeitsweg zu weit wäre bis hierher. Ich überlege, ob ich die Wohnung für mich mieten soll, der Mietzins wäre günstig. So bin ich näher beim Laden, besser könnte ich es gar nicht treffen. Ich telefoniere mit dem Besitzer des Hauses und frage, ob es möglich ist die Wohnung zu mieten, er meint, er würde sich freuen und sie mir gerne geben. Wir machen am anderen Tag einen Termin aus, damit ich die Wohnung besichtigen kann.

Als ich in der Wohnung stehe, bin ich begeistert, sie ist optimal geschnitten, sehr schön, nicht gross, aber gemütlich, es sind drei Zimmer, ein schönes Bad und eine grosse Küche. Die Wände sind recht abgenützt. Herr Schori, der Besitzer, meint, natürlich werde sie noch gestrichen, ich könne die Farben direkt mit dem Maler aussuchen, so dass sie dann zu mir passt. Herr Schori ist ein gemütlicher Mann, der gerne lacht, ein fröhlicher Mensch. Falls ich noch Wünsche hätte, könne ich es sagen. Er meint, wenn es geht, komme er sicher in den Buchladen, er sei ja seit dem Umbau noch nicht drin gewesen, es sei sicher modern und gemütlich geworden.

Die Wohnung wird schon in einem Monat leer sein, sodass der Maler mit seinen Verschönerungen anfangen kann, ich lasse sie in einem leichten beigen Ton streichen, so passen meine antiken Möbel, die ich habe, gut in die Wohnung. Ich werde mir Zeit nehmen, sie geschmackvoll einrichten und in Ruhe alles verändern, dass es warm und gemütlich aussieht. Als ich später Angela sage, dass ich in die Wohnung im gleichen Haus wie sie und Tina ziehe, freut sie sich riesig, sie kann dann schneller zu mir kommen und wir können unsere schöne Freundschaft noch besser pflegen. Tina ist auch glücklich, als sie es hört, bin ich doch inzwischen Tante Lisa für sie. Ich muss es bald Maria erzählen, die im Nachbarhaus wohnt. Auch Michael will ich die Neuigkeit erzählen, wenn er hört, dass ich bald hier wohne, wird er sich sicher sehr darüber freuen.

Abends gehe ich zu Maria, sie sitzt vor dem Fernseher, als sie mich sieht ist die Freude gross. Sie macht Kaffee und wir machen es uns bei ihr gemütlich. Ich erzähle ihr von der Wohnung, sie ist so froh, dass ich dann hier im Ort bin. Sie freut sich, dass sich Angela gut eingearbeitet hat und sie nicht mehr helfen muss, da es bei ihr gesundheitlich nicht besser geht. Wir können weiterhin zusammen Kaffeetrinken und interessante Gespräche führen und sie hat so auch jemanden, der für sie da ist, wenn sie etwas braucht. Ich sage ihr, dass der Laden gut läuft, ich bin begeistert, dass er bei den Kunden so gut ankommt, auch die Kinderabteilung ist ein voller Erfolg.

Für die Kaffee-Ecke ist Angela zuständig, sie hat viel Freude bei mir zu arbeiten, es ist jetzt auch ein bisschen ihr zu Hause geworden. Auch die Kinder mögen sie gerne, es wird viel gelacht und gefragt, so ist immer etwas los.

Schon zweimal ist ein ganz sympathischer Mann in den Laden gekommen, er sucht immer das Gespräch mit Angela, sie ist sehr befangen und weiss nicht, was sie sagen soll.

Eines Tages ist er wieder da und fragt, ob er mit ihr einen Kaffee trinken darf, ob sie Zeit hat. Sie sitzen in der Kaffee-Ecke, als ich hinschaue, bemerke ich, dass ein reges Gespräch in Gange ist und freue mich für die beiden. Es wäre doch schön, wenn sie jemanden hätte und nicht mehr so allein wäre.

Bei mir steht schon bald der Einzug in die neue Wohnung an, die neu gestrichen sicher auch Michael gefallen wird. Sie scheint noch grösser zu sein, jetzt wo sie leer ist und so richtig gemütlich. In Gedanken stelle ich schon alle Möbel hinein und kann mir gut vorstellen, wie ich darin wohne. Als ich Michael wieder sehe und ihm sage, dass ich in die Wohnung ziehe, kann er es kaum glauben, er strahlt. Er will mir helfen beim Einrichten, da gibt es immer viel zu tun. Ich bin froh, dass ich ihn kenne, er ist ein hilfsbereiter Mensch und immer so zufrieden, man kann viel lernen von ihm.

Frau Spillmann vom Blumenladen war heute im Buchladen und ich habe sie gefragt, ob sie draussen grosse Blumentöpfe aufstellen könne, zwei Stück je neben der Eingangstür. Es sieht dann sicher freundlicher aus und nicht so leer. Ich mache mir ihr aus, dass sie regelmässig die Blumen betreut.

Nächste Woche ist bei mir der Umzug in die neue Wohnung, so bin ich einen Tag weg. Angela muss auf den Laden aufpassen, aber sie hat sich ja so gut eingearbeitet, dass sie die Bücher auch alleine verkaufen kann, wenn was Wichtiges ist, bin ich ja jetzt im Haus. Der Umzugstag ist schneller da als erwartet.

Das Umzugsauto kommt heute, als ich im Laden stehe, fährt es schon vor. Die Männer sind schon am Ausladen der Möbel, ich sage ihnen, wo sie hinkommen, so sind sie am richtigen Platz und es gibt kein Rumschieben. Am Mittag sind sie fertig, alles ging reibungslos. Ich lade die Männer noch zu einem Imbiss ins Restaurant ein, das haben sie wirklich verdient nach all der Arbeit.

Es gibt viel auszupacken, ich bin froh, dass mir Maria etwas helfen kommt. Ich plane noch ein Wohnungseinweihungsfest und will alle lieben Menschen einladen, die ich in diesem Ort bereits kenne.

5

Es ist Samstag und heute ist die Wohnungseinweihungsfeier. Ich schliesse früher, ein Zettel hängt am der Tür im Laden, es hat sich rumgesprochen. Bei der Metzgerei habe ich belegte Brote bestellt, Getränke und Kaffee habe ich genug. Alle kommen vorbei um mich hier im Ort zu begrüssen, auch Michael ist dabei. Die Wohnung ist gemütlich geworden und bekommt viele Komplimente, so sitzen wir lange zusammen. Es gibt viel zu erzählen an diesem schönen Tag.

Als am Abend dann alle langsam aufbrechen, bleibt Michael noch, ich freue mich, dass er da bleiben kann, so haben wir noch ein wenig Zeit zum Reden. Seiner Frau geht es gar nicht gut, eine Hilfe kommt jetzt jeden Tag. Er ist froh, so kann er Spaziergänge unternehmen

und kommt ein wenig aus dem Haus. Heute abend schaut die Nachbarin zu seiner Frau, so muss er nicht sofort gehen. Er hilft noch die Bilder aufzuhängen und sonstiges, was ich nicht machen kann. Als es Zeit ist zu gehen, begleite ich ihn nach Hause, wir sprechen nicht viel, wahrscheinlich sind seine Gedanken bei Agnes. Der einzige Lichtblick in seinem Leben ist, wenn er in meinem Buchladen ist und ich Zeit habe für einen Kaffee, so ist er für eine Weile glücklich.
Nächsten Monat ist im Dorf ein Fest, es ist eine grosse Abwechslung für mich, war es doch ein wenig viel Arbeit mit dem Laden und dem Umzug, ich freue mich jetzt schon darauf

Heute ist das Fest im Dorf, als Maria, Angela, Tina und ich hinkommen, sind schon viele Leute da. Wir gehen ins Restaurant und setzen uns an einen Tisch, da es bald Mittag ist, werden wir hier essen. Es ist ziemlich voll, aber ich sehe, dass an einem Tisch der Verehrer von Angela sitzt. Als er uns sieht, strahlt er über das ganze Gesicht und kommt schnell zu uns, er sagt, er sei der Stefan und ob er sich an unseren Tisch setzen darf. Tina freut sich besonders, sitzt neben ihm und strahlt ihn an. Angela ist so verliebt in ihn, dass sie gar nichts sagt, sie ist froh, dass er da ist.

Plötzlich kommt Michael auf mich zu, sein Gesicht leuchtet, als er mich sieht, am liebsten hätte ich ihn geküsst.
Michael und ich schauen uns nach dem Essen die Stände an. Ich nehme seinen Arm und fühle seine Wärme, die einfach da ist. Er bleibt an einem Stand stehen und sieht die schönen Schals an, einer gefällt mir besonders, er kauft ihn für mich. Er legt ihn mir um und ich gebe ihm spontan einen Kuss dafür. Er fühlt genau wie ich, aber er kann es nicht zeigen, er hält mich fest, es ist wieder dieses Strahlen bei ihm.

Vorne hat es eine Tanzfläche, wir gehen hin und tanzen, einmal in seinen Armen liegen und sei es nur für einen Tanz. Es ist so schön ihn für eine Weile zu fühlen und diesen Augenblick zu erleben. Als dieser Tanz vorbei ist, muss er gehen, ich begleite ihn nach Hause, Worte gibt es nicht nach diesem Tanz.

Er fragt, ob ich nach oben komme zu seiner Frau. Als wir hereinschauen, sagt die Nachbarin, dass Agnes eingeschlafen ist. Michael macht noch einen Kaffee, so sitzen wir zusammen und erzählen vom Fest.
Die Nachbarin schaut ihn traurig an, man merkt, dass sie ihm diesen schönen Tag gewünscht hat. Es ist so wenig Abwechslung in seinem Leben und doch sagt er nie, dass ihm alles zu viel wird. Als ich gehe, denke ich noch lange an diesen glücklichen Tag.

6

Ich organisiere im Laden einen Wettbewerb, als Preise gibt es ein Mittagessen im Restaurant für zwei Personen und Bücher. Alle Kinder bekommen sowieso einen Preis, für die kleineren Kinder gibt es Spielsachen, die grösseren können ein Buch auswählen.
Es gibt noch viele Vorbereitungen für den Wettbewerb, die Preise müssen hergerichtet werden, das Spielzeug für die kleinen Kinder muss besorgt werden. Ein Korb mit Büchern für die Kinder, das ist sicher lustig und so haben die Erwachsenen Zeit zu plaudern.
Die Frage zu diesem Wettbewerb lautet: „Wie lange gibt es diesen Buchladen schon?" 45 Jahre, ob jemand auf diese Zahl kommt und es herausfindet? Der erste Preis ist ein Essen im Restaurant für zwei Personen, zehn weitere Preise

sind dann Bücher im Wert von 25 Euro pro Buch.

Endlich ist der grosse Tag da, bald ist der Laden voll. Es ist gut, dass wir draussen Tische und Stühle aufgestellt haben, so hat es genug Platz für alle. Am Mittag wird der Korb mit den Antworten geleert, am nächsten mit 41 Jahren ist Stefan gekommen, so fällt das Essen an ihn, er wird sicher Angela einladen. Die 10 Bücher haben auch ihre Abnehmer gefunden, es gibt viel Gelächter und lustige Gespräche, auch den Kindern hat es gefallen.

Am anderen Abend gehen Stefan und Angela zusammen Essen und Tina ist bei mir, wir machen zusammen Spiele. Ich glaube, dass es ernst wird zwischen den beiden. Wie ich gehört habe, arbeitet Stefan bei der Bibliothek in der Stadt.

Heute habe ich gehört, dass man Agnes ins Heim gebracht hat, es ging nicht mehr zu Hause. Michael hat sich so viel Mühe gegeben mit ihr, aber sie lag die letzten Tage nur noch im Bett. Die Pflege wurde ihm einfach zu viel. Aber wie ich Michael kenne, wird er sie jeden Tag besuchen. Ich gehe dann ab und zu auch mit, so wird es an diesen Tagen für ihn sicher leichter.

7

Am Samstag ist es bereits ein halbes Jahr her, seit ich den Buchladen eröffnet habe. Wir machen eine Aktion und geben auf die Bücher 20% Rabatt, ich hänge aber heute schon eine Tafel vor die Tür, damit jeder dies schon sieht.

Am Abend kommt vor Ladenschluss Michael vorbei. Er sieht nicht gut aus. Ich lade ihn in meine Wohnung ein, wir essen etwas zusammen. So erzählt er mir, wie schwer es für ihn ist, allein in der Wohnung zu sein und nichts mehr machen zu können. Vorher hatte er eine Aufgabe, nun sind die Tage leer. Ich sage ihm, dass er immer bei mir essen kann und auch im Laden helfen, zur Post gehen, auch über sonstige Einkäufe bin ich froh. Er strahlt, so beginnt bei ihm ein wenig Freude einzukehren.

Am nächsten Tag kommt er nicht, ich habe den ganzen Tag zu tun und erst am Abend steht er da mit einer Tasche, die er eingekauft hat, er fragt, ob er in die Wohnung könne und schon mal das Essen vorbeireiten, ich gebe ihm den Schlüssel.

Als ich fertig bin und in die Wohnung komme, ist schon der Tisch gedeckt und es riecht wunderbar, das Lächeln auf seinem Gesicht ist wieder da, wie mich das freut. Es wird ein schöner Abend, dass ich ihn gar nicht gerne gehenlasse. Zum Abschied küsst er mich und nimmt mich in die Arme. Ich würde ihm am liebsten für immer festhalten, als er geht, schaut er nochmals zurück und lächelt.

Am Samstag ist der Laden voll, die 20% schlagen doch ein. Angela und ich haben viel zu tun, so dass wir nicht wissen wo uns der Kopf steht. Als ob ich es geahnt hätte, steht Michael da, ich sage ihm, er solle Angela helfen, die Bücher einzupacken, so kann sie kassieren und die Leute müssen nicht so lange warten. Ich bin froh, dass er heute den ganzen Tag Zeit hat, so können wir zusammen am Abend alles wegräumen und Angela kann pünktlich gehen.

Am Abend nach dem Essen sitzen wir zusammen und er erzählt mir, dass er im Heim war, Agnes erkennt ihn gar nicht mehr, sie sitzt nur noch da und schläft fast immer, es sei für ihn schwer lange da zu sein, so gehe er einfach wieder.

Nächstes Mal gehe ich mit, es ist Sonntag. Als wir ins Zimmer kommen, sitzt Agnes im Rollstuhl am Fenster, es ist traurig, wie leer ihr Blick geworden ist, sie schaut einem an und doch an einem vorbei. Als sie eingeschlafen ist, gehen wir leise aus dem Zimmer.

Wir beschliessen im Restaurant zu essen. Den Kaffee trinken wir bei mir, als wir auf der Couch sitzen, halten wir uns einfach in den Armen und geniessen es, ein leiser Kuss von Michael gehört einfach dazu. Es wird spät, er sagt, dass er am Montag vorbei kommt, wir wollen in den Zoo, dort war ich schon seit langem nicht mehr, anschliessend essen.

Es ist Montag, Angela steht heute im Laden, ich mache frei und geniesse es mal einfach wegzugehen. Ich kann es kaum erwarten, Michael wieder zu sehen, ich mache mich sorgfältig zurecht, der Schal gehört natürlich dazu. Als er kommt, sieht er toll aus, sportlich angezogen, so ein ganz neuer Michael. Ich gefalle ihm auch.
Im Zoo können wir das erste Mal zusammen Arm in Arm gehen, wie ein verliebtes Paar, es ist herrlich, wir fühlen uns so jung, so unbeschwert, es ist, als ob wir einfach zusammen gehören, als ob der Tag nie endet.

Am Abend als er bei mir ist, ist da so eine Vertrautheit wie ich sie noch nie erlebt habe, beim Abschied gibt mir Michael dann zum ersten Mal innige und zärtliche Küsse. Diese Liebe ist so wunderschön, dass ich dieses Gefühl mit Michael erleben darf, mit dem Mann, den ich schon lange liebe, ist einfach einmalig.

8

Angela ist heute gekommen und hat gesagt, dass Stefan und sie heiraten wollen, für Tina wird er natürlich ein wundervoller Vater sein und sie freut sich auf ihn.
Angela bleibt aber weiter in meinem Laden. Ich bin froh, sie macht ihre Sache gut und sie ist mir in der Zeit, wo sie bei mir ist eine gute Freundin geworden.

Ich bin froh, dass Michael im Laden helfen kann, so kommen die Pakete schneller zur Post und zum Abholen gibt es auch immer etwas, vorher musste ich das alles selber machen.

Am Abend gehe ich zu Maria und erzähle ihr die Neuigkeit, dass Angela und Stefan heiraten werden. Natürlich ist Maria auch herzlich eingeladen zur

Hochzeit, sie freut sich sehr darüber. Auch dass ich und Michael eine so innige Freundschaft haben, er ist wirklich ein wertvoller Mann.

Am Sonntag lade ich Maria zum Essen ein, Michael wird auch bei mir sein, sie freut sich sehr und kommt gerne. Als es klingelt und Maria da steht mit einem selbstgebackenen Kuchen, sind Michael und ich sehr überrascht, er duftet so gut und wir freuen uns jetzt schon auf den Kaffee, wenn wir ihn essen dürfen. Wir reden beim Essen über Stefan und wie Angela froh ist, dass sie ihn kennengelernt hat. Er ist besonders für Tina ein ganz liebevoller Mensch, wie ein Vater. Auch über Agnes reden wir, was für ein Schicksal es ist für Michael.

Am Abend begleite ich Maria auf dem kurzen Weg nach Hause und bedanke mich, dass sie uns besucht hat. Sie ist gerne gekommen, es sei gemütlich bei mir, die Zeit war so schnell vorbei.

Nächstes Mal müssen Michael und ich aber zu ihr auf Besuch kommen.

Bald kommt der Winter, es sind die ersten Weihnachten, die ich hier feiern darf. Ich möchte den Laden festlich dekorieren und muss mir ausdenken, welche Überraschung ich für die Kunden bereit stellen werde.
In dem halben Jahr, seit ich hier bin, gibt es im Laden doch einige Freundschaften, die ich sehr schätze. Ich werde an einem Sonntag den Laden offen halten, sodass auch Leute, die arbeiten Zeit haben, einzukaufen.

Stefan überlegt sich, ob er bald zu Angela ziehen könnte, so wäre er in ihrer Nähe und Tina könnte ihn besser kennenlernen. Er ist wirklich ein ganz lieber Mensch. Bei uns allen ist er herzlich willkommen. Mit der Bahn ist er in dreissig Minuten im Geschäft und Angela hat ja eine Dreizimmerwohnung, die genug gross ist.

Als er am Samstag kommt, gebe ich Angela frei, so haben sie genug Zeit und können über diesen Vorschlag sprechen. Wie ich am Abend den Laden abschliesse, stehen Angela, Stefan und Tina vor der Türe und laden mich zum Essen ein. Es wird gemütlich und Angela und Tina sind begeistert über den Vorschlag, er wird im nächsten Monat seine Wohnung aufgeben, so dass er bald hier einziehen kann, er freut sich sehr, da er Angela wirklich liebt, auf sein neues Zuhause und das alle dann zusammen sind.

Am Montag kommt Michael vorbei im Laden, es hat Bücher, die zur Post müssen und Ware zum Abholen, dann geht er noch einkaufen. Also gibt es wieder einen schönen Abend, darauf freue ich mich schon.
Am Abend als wir zusammen kochen, sprechen wir vom Umzug von Stefan und über die Hochzeit der beiden. Mi-

chael meint, da Angela niemanden hat, ob wir die Hochzeit ausrichten sollen, wir werden sie fragen. Für uns wäre es eine grosse Ehre.

Das Essen wird wie immer prima, es macht so viel Spass zusammen etwas zu kochen, das schmeckt einfach viel besser. Beim Essen reden wir von Stefan und Angela, wie die Hochzeit werden soll. Da es Winter wird, ist es eine einfache Hochzeit, aber wir wollen sie so schön wie möglich machen, sodass Angela und Tina und Stefan einen unvergesslichen Tag haben werden.

Als es spät wird, fragt Michael, ob er hierbleiben darf, ich habe es schon lange gewollt, aber mich nicht getraut, ihn zu fragen, weil ja seine Frau noch da ist. Er meint, aber sie würde es ja nicht mehr wahrnehmen und er denkt, dass dies gut sei. Als ich das Bett aufdecke und er sich neben mich hinlegt, nimmt er mich einfach in die Arme, so schlafen wir ein.

Am Morgen, als ich aufwache, liegt er nicht neben mir, so gehe ich ins Esszimmer, wo er schon den Tisch gedeckt hat. Es gibt einfach keine Worte, so liebevoll ist alles gedeckt, ich geniesse es, ihn einfach da zu haben.

Später gehen wir zusammen in den Laden, es gibt einiges zu tun. Am Mittag, als wir in der Küche sitzen, frage ich Angela wegen der Hochzeit, ob es recht ist, wenn Michael und ich die Hochzeit ausrichten würden. Sie will alles noch mit Stefan besprechen, damit er auch damit einverstanden ist. Am nächsten Tag sagt mir Angela, Stefan sei begeistert, so können Michael und ich anfangen die Hochzeit zu planen, sie soll schon bald sein. Noch vor Weihnachten, damit sie schon das Weihnachtsfest zusammen als Ehepaar feiern können.

Stefan hat die Wohnung gekündigt und zieht bald um. Angela freut sich, ihr

Lachen ist wieder da und es geht ihr ausgezeichnet, auch Tina kann es kaum erwarten bis Stefan einzieht.

Am Sonntag gehen Michael und ich zusammen zu Agnes, als wir ins Heim kommen, ist sie im Bett, sie wirkt so hilflos wie sie da liegt, so klein und zerbrechlich. Das verlorene Lächeln im Gesicht, reden kann sie ja schon länger nicht mehr, so hält er einfach nur ihre Hand. Ich sitze da und kann nicht begreifen, wie hilflos sich das anfühlt, so ein wertvoller Mensch wie Michael und seine liebe Agnes, dies zu erleben. Nach einer Weile gehen wir leise aus dem Zimmer, den langen Gang entlang.

Als wir draussen sind, ist es, als ob man in eine andere Welt kommt, so voller Leben und drinnen war diese Stille. Wir gehen am Fluss entlang, es ist uns ein Bedürfnis uns an den Händen zu halten und zu schweigen.

Als wir im Zug sitzen, können wir wieder sprechen und lachen. Im Dorf angekommen, gehen wir etwas feines Essen, so hat der Sonntag noch etwas Fröhliches.

Als wir zu Hause sind, sprechen wir wieder über die Hochzeit, es bleibt nicht viel Zeit, die Gäste einladen, das Essen auswählen und was es sonst noch vorzubereiten gibt.
Am Abend bleibt Michael wieder bei mir, das wird in nächster Zeit oft so sein. Seinen Körper neben mir zu spüren, mich zu umarmen, zu küssen, ich glaube mehr darf einfach noch nicht sein.

Nächste Woche zieht Stefan bereits zu Angela, sie hat alles geputzt und einen Schrank leer geräumt, damit seine Sachen Platz haben, dass wird eine glückliche Zeit werden für die beiden, sich jeden Tag zu sehen.

Am Abend ist im Saal des Restaurants im Dorf ein Theater, eine Gruppe aus der Stadt gastiert hier, es wird eine Komödie gespielt. Ich freue mich mit Michael hinzugehen, der erste Abend wo wir gemeinsam etwas unternehmen können. Angela, Tina und Stefan sind auch dabei, auch Maria geht es heute gut und sie ist mitgekommen, das ist schon wie eine richtige Familie. Ich mache mich besonders hübsch, als Michael mich abholt, sieht er umwerfend aus, so in seinem Anzug. Dieser schöne Mann gehört auch ein wenig mir, wie Stolz ich bin.

Als wir im Dorf ankommen, sind schon viele Leute im Saal, da ich nun schon länger da wohne, kenne ich auch schon einige von ihnen.
Als es im Saal dunkel wird, halten sich Michael und ich die Hände. Es ist so schön, als ob es nur uns zwei gäbe.
Nach dem Theater gehen wir alle zusammen noch etwas trinken, dabei kann ich mit Angela einen Tag ausmachen, um ein Hochzeitskleid auszusuchen.

Das Essen wird im Dorf im Saal vom Restaurant sein, dort ist es wirklich sehr gemütlich. Frau Spillmann könnte dann alles mit Blumen dekorieren, die Angela und Stefan aussuchen, so sieht es dann wunderbar festlich aus.
Für das Hochzeitskleid werden wir in die Stadt gehen, in einem grossen Warenhaus haben sie extra eine Abteilung mit Hochzeitskleidern.

Stefan sagt, dass seine Eltern und seine Schwester auch kommen werden. Wie ich Stefan kenne, sind es sicher auch so angenehme Menschen wie er. Michael und ich verabschieden uns als erste, so spazieren wir zusammen gemütlich nach Hause.
Es ist als ob es unser Zuhause wäre, so eine Vertrautheit ist bei uns, als ob wir einander schon lange kennen würden, Michael und ich. Als wir später im Bett liegen, kommt es bei uns zu einer Liebe, die so schön ist, dass wir alles vergessen. Es gibt einfach nur uns und un-

sere Welt, die wir so geniessen, ich glaube wir haben lange auf diese Nacht gewartet. Aber dass es so wunderschön sein würde, hätte ich nie geglaubt. Was Michael mir in dieser Nacht gibt, ist unbeschreiblich.

Am nächsten Morgen ist Sonntag, so haben wir Zeit für uns. Am Nachmittag besuchen wir Agnes, heute sitzt sie am Fenster, die Nachbarsfrau ist bei ihr, sie sei schon eine Weile da, es seit gut, dass sie jetzt hier im Heim ist, meint sie, es wäre zu Hause ja gar nicht mehr gegangen. Als wir zusammen weggehen, schaut Agnes weiter zum Fenster hinaus und bemerkt gar nicht, dass wir weggehen.

Im Ort gehen wir zusammen etwas essen und haben Zeit über Agnes zu reden und wie ihre Welt jetzt aussieht. Es ist einfach schlimm, wie alles gekommen ist, aber die Nachbarin ist froh, dass Michael mich kennengelernt hat, so ist er nicht allein, auch mit seinen Gedanken. Bei mir kann er sich doch ein wenig die Welt und die Sorgen vergessen. Als wir uns verabschieden, ist es schon dunkel und kalt geworden, wir sind froh, als wir zu Hause sind. Bei einem Kaffee, reden wir wieder über die Hochzeit, ich denke, dass die Eltern bei Stefan und Angela wohnen, in dieser Zeit. Die Schwester könnte bei mir wohnen, Platz genug wäre da.

9

Am anderen Morgen, als ich ins Geschäft komme, ist Angela schon da, es sind viele Kartons mit Büchern gekommen, die nun ausgepackt und angeschrieben werden müssen. Wenn dann Angela und Stefan heiraten, nimmt Angela zwei Wochen Ferien. Michael hilft mir in dieser Zeit im Laden. Ich denke wir werden es schon schaffen.

Heute ist der Umzugswagen vorgefahren, Stefan ist auch schon da und packt mit an. Ich habe Angela frei gegeben, dass sie Stefan helfen kann. Auch Tina rennt schon herum und kann es kaum erwarten, dass Stefan bei ihnen einzieht. Am Abend gehe ich mich Michael in Angelas Wohnung und frage, ob wir etwas helfen können, sie verneinen, da sie zu müde sind, wollen sie nicht mehr weiter auspacken sondern nur noch ausruhen. Ich gebe Angela ein paar Tage frei, so kann sie in der Wohnung noch alles fertig einrichten. Bei mir im Laden ist es im Moment ruhig, so kann ich Michael alles zeigen, was er noch nicht weiss. Die Kunden mögen ihn, ich bin wirklich froh, dass ich ihn habe.

Für die Hochzeit von Angela und Stefan haben sie die Einladungen bereits verschickt, es haben bis jetzt alle zugesagt. Es muss noch eine Musik bestellt werden, so ruhigere, dass die Leute miteinander reden, aber auch tanzen können, Stefan kennt eine Band, die alles spielen kann, so dass jung und alt auf ihre Kosten kommen.
Am Abend gehen Michael und ich ins Dorf zum Restaurant, um das Essen zu bestellen und das Aussehen der Torte zu besprechen, die Zeit ist langsam knapp.

Als wir da sind, ist das Wirtepaar zu beschäftigt, so essen wir zuerst etwas.

Später beim Kaffee, kommt die Wirtin zu uns und wir können in Ruhe alles besprechen und bestellen. Bei der Torte darf es eine grosse sein, eine ganz spezielle, mit zwei goldenen Ringen oben drauf zur Erinnerung an diesem grossen Tag.

Am nächsten Wochenende gehen Michael und ich in die Stadt, um für mich ein Kleid für die Hochzeit zu kaufen und Michael braucht einen neuen Anzug. Als wir ins Warenhaus kommen, ist schon ein Gedränge, das man fast nicht durchkommt. Ich bin froh, als wir in die Abteilung mit den festlichen Kleidern kommen, hier ist es ruhiger. Ich entscheide mich für ein fast bodenlanges dunkelrotes Kleid, mit langen Ärmeln, das steht mir gut.
Wenn man so etwas Schönes anzieht, sieht man gleich jünger aus oder liegt es einfach an Michael, weil ich ihn so liebe? Ich habe mich schon verändert, seit er bei mir ist, mein Gesicht sieht so

fröhlich aus, als habe ich die Sonne eingefangen.

Nun gehen wir in die Herrenabteilung, um für ihn etwas auszusuchen. Er findet einen schönen Anzug, er passt gut zu meinem Kleid. Nach diesem Kauf geht es in die Schuhabteilung, um ein passendes Paar zu finden, auch eine Handtasche suche ich dazu aus.

Nun sind alle Einkäufe erledigt und wir geniessen noch einen Kaffee zusammen. Seit wir uns kennen ist schon viel Zeit vergangen, es hat sich so vieles geändert in meinem Leben und in seinem. Wir wollen jetzt nur den Augenblick geniessen und diesen wundervollen Tag.

Am Sonntag gehen wir Agnes im Heim besuchen, als wir ankommen, ist sie wieder im Bett und eine Schwester ist bei ihr. Es geht ihr nicht gut, meint die Schwester, sie esse fast gar nichts mehr und habe Mühe mit dem Schlucken. Michael hält ihre Hand und sitzt nur da, was will er auch sagen, auch ich bin ganz still. Es gibt so wenig zu tun, man ist wirklich hilflos bei dieser schweren Krankheit. Als die Schwester wider kommt, gehen wir in Gedanken an diesen Tag.

Auf dem Heimweg sagt Michael, er sei so froh, dass er mich habe, sonst würde er noch verzweifeln und die ganze Zeit nur an die Krankheit von Agnes denken. So hätte er jetzt doch ein zweites Zuhause, wo er willkommen sei. Ich bin froh, dass er bei mir ist und ich mich ein wenig um ihn sorgen kann, so ist es für ihn auch leichter mit der ganzen Situation und er hat jemanden mit dem er reden kann. Wie ich ihn liebe diesen wunderbaren Menschen.

Am Samstag gehen Angela und ich in die Stadt, um das Hochzeitskleid zu kaufen, Michael passt auf den Laden auf, so müssen wir uns nicht beeilen. Es ist schön einmal mit Angela allein wegzugehen, so haben wir Gelegenheit miteinander über alle möglichen Dinge zu reden. Sie freut sich so auf Stefans Eltern, um sie richtig kennenzulernen. Die Schwester ist fast in ihrem Alter, so kommen sie sicher gut zusammen aus, wie ich Stefan kenne, ist sie eine fröhliche Person.

Als wir in der Hochzeitsabteilung sind und die Kleider ansehen, sind wir erstaunt, wie gross das Angebot ist. Angela sucht fünf Kleider heraus und beginnt sie anzuprobieren. Das erste ist ein sehr einfaches, was uns nicht so gefällt, beim zweiten hat es zu kurze Ärmel, was im Winter etwas zu kalt ist. Erst das vierte ist wunderschön, ein weisses, weiches, anliegendes Kleid, mit einem lieblichen Ausschnitt, leicht gerafft, es steht ihr perfekt. Nur der Preis ist ein wenig zu hoch, aber ich beruhige Angela, dass ich das Kleid bezahle, sie habe immer im Laden toll gearbeitet, so sei es in Ordnung, dass ich ihr dieses Kleid gerne schenke. So hat sie an diesen schönen Tag ein Andenken von mir. Sie freut sich so, dass sie dieses Kleid nun doch nehmen darf, es ist wirklich wie für sie gemacht. Die Schuhe müssen nun aber auch elegant sein, so gehen wir noch in die Schuhabteilung, hier hat es wundervoll passende Schuhe, auch diese schenke ich ihr gerne.

Als wir draussen sind, gehen wir etwas essen und sehen uns die Schaufenster an, in einem Geschäft kauft Angela für Stefan eine schöne Geldbörse, seine sei doch ziemlich alt. Für Tina kaufen wir noch ein lustiges T-Shirt, so hat auch sie etwas auszupacken.

Es wird schon langsam dunkel, so dass wir uns auf den Heimweg machen, wir sind froh, als wir aus dem Zug steigen, es ist halt doch weit bis zur Stadt. Im Buchladen ist es auch schon dunkel, ich denke, dass Michael schon in der Wohnung ist.

Wir verabschieden uns und Angela bedankt sich nochmals für diesen schönen Tag, sie ist froh, dass Stefan schon hier wohnt und ausser Tina von nun an noch jemand auf sie wartet.

10

Als ich die Wohnungstür öffne, kommt mir Michael entgegen und nimmt mir den Mantel ab, er hat den Tisch schon gedeckt und ist froh, dass ich da bin. Das Essen ist auch bald fertig, so dass wir einen wunderbaren Abend geniessen können.

Später sitzen wir zusammen und Michael erzählt, was im Laden heute alles passiert ist, aber es sei alles gut gegangen und die Kunden konnten alle ihre gewünschten Bücher finden oder bestellen.
Ich erzähle ihm von Angela und wie wunderschön ihr Kleid ist, auch dass es ein Geschenk an Angela ist, da sie immer gut gearbeitet hat im Laden, er freut sich darüber, dass ich Angela ihren Traum mit dem Kleid möglich gemacht habe.

Als wir später ins Bett gehen, ist wieder dieses Prickeln zwischen uns, so dass nur wir zwei da sind und alles um uns vergessen können. Wir halten einander in den Armen, diese Liebe ist einfach einmalig, es ist so ein grosses Glück, dass mir Michael begegnet ist. Dieses Glück gibt es nur einmal in meinem Leben, so innig, so voller Wärme, wir gehören einfach zusammen.

Am Sonntag besprechen wir die letzten Einzelheiten der Hochzeit, ob wir auch nichts vergessen haben, so dass dieses Fest wirklich schön wird und eine Erinnerung bleibt. Die Tische sollen Kerzen erhalten, da dies eine sehr romantische Stimmung gibt. Es muss aber mit den Blumen auf den Tischen übereinstimmen. Die Namenskarten sollen zur Farbe der Blumen auf den Tischen passen. Ich glaube die Tischkarten und Kerzen überlassen wir am besten Frau Spillmann, so passt dann sicher alles zusammen und sieht stimmungsvoll aus. Ich bin froh, dass Frau Spillmann dies alles organisiert. Auch in der Kirche sollen weisse Blumen sein, ganz edel. Ich bin sicher, dass alles klappt und eine warme Stimmung entsteht, obwohl es Winter ist.

Die Eltern und die Schwester von Stefan sind angekommen, wir freuen uns sehr, sie alle kennenzulernen. Zur Begrüssung findet bei Angela und Stefan ein Essen statt, Michael und ich sind auch eingeladen, es gibt ein festliches Menu. Ich richte noch das Zimmer für die Schwester von Stefan her, die bei mir schläft.

Als wir bei Angela und Stefan klingeln, öffnen uns die Eltern die Türe und begrüssen uns lachend. Sie sind uns gleich sympathisch. Ich stelle Michael vor, der in seinem Anzug elegant aussieht und einen guten Eindruck macht. Dann kommt die Schwester und stellt sich

vor, sie heisst Isabelle. Ihr Lachen ist herzlich, sie macht einen unbeschwerten Eindruck.
Wir fühlen uns gleich wohl inmitten dieser fröhlichen Menschen. Isabelle gleicht ein wenig der Mutter. Sie hat auch rote Haare wie Stefan, das passt zu ihr. Sie ist unkompliziert, ich denke es wird ihr bei mir sicher gefallen und sie wird sich wohl fühlen.
Angela und Stefan haben gekocht, es riecht wunderbar, sie haben sich alle Mühe gegeben. Auch der Tisch ist schön gedeckt, Isabelle sagt, das habe sie für uns gemacht, weil wir uns so um Angela und Stefan kümmern, wegen der Hochzeitfeier.

Die Eltern sind froh, dass wir Ihnen das abnehmen. Sie sind nicht mehr so gut zu Fuss, es gehe halt auch nicht mehr alles so schnell und wir seien auch grad am Ort. Es wird ein gemütlicher Sonntag und es wird natürlich von der Hoch-

zeit geredet, die ist ja schon am folgenden Samstag.
Tina hüpft immer um Stefan herum, sie mag ihn sehr und ist froh, dass er soviel Zeit für sie hat. Auch spielt sie gerne mit ihm, sie freut sich, wenn es endlich schneit und sie dann einen Schneemann bauen können. Am Abend sind alle so müde, sodass auch wir bald nach Hause gehen. Als wir uns verabschieden, laden wir die Eltern am nächsten Tag zum Mittagessen ein, die Mutter heisst Nelly, der Vater Richard.

Am nächsten Tag kommt Isabelle in den Buchladen, sie ist begeistert, wie einzigartig er ist. Da sie gerne liest, kauft sie gleich einen ganzen Stapel Bücher. Es läuft im Moment nicht viel, so haben wir Zeit für einen Kaffee und ein angeregtes Gespräch.
Später kommen noch Nelly und Richard und stöbern auch in den Büchern. Da höre ich ein fröhliches Lachen, auch Michael ist eingetroffen, so nehmen die

Gespräche fast kein Ende. Als es Mittag ist, schliesse ich den Laden für zwei Stunden und wir gehen alle ins Restaurant im Ort, wo alle unsere Gäste sind.
Angela und Stefan habe noch viel vorzubereiten, der Samstag soll perfekt werden. Nelly, Richard und Isabelle werden von der Wirtin herzlich begrüsst, man geht gleich zum Du über, man gehört ja irgendwie zur Familie. Wie Wirtin spendiert dem Brautpaar die vierstöckige Torte. Wir sind so überrascht und freuen uns riesig, es soll eine ganz besondere Torte werden. Zum Abschluss des Essens offeriert uns die Wirtin noch Kaffee und Zitronenkuchen, ein eigenes Rezept von ihr.

11

Am Abend gehen Michael und ich zu Maria, sie hat etwas Feines gekocht. Als wir kommen, ist sie schon aufgeregt, alle Neuigkeiten über die Hochzeit zu erfahren. Es gibt viel zu erzählen, vom Essen, den Kleidern und den Blumen. Ich sage Maria, dass wir sie am Samstag mit dem Auto, das uns zur Verfügung steht, abholen werden und zusammen zur Kirche fahren. Im Restaurant wird Maria neben mir sitzen, worauf sie sich besonders freut. Sie hat auch ein schönes Geschenk für Angela und Stefan, einen grosszügigen Gutschein vom Warenhaus in der Stadt, so können sie dort einkaufen, wenn noch etwas fehlt in der Wohnung. Wir finden die Idee sehr gut, ich glaube, dass es auch für Tina da etwas Schönes zum Aussuchen gibt. Am Freitagabend legen wir alle Kleider bereit, damit wir am

Samstag nichts vergessen. Bei dieser Kälte müssen wir schon einen dicken Mantel überziehen, da es draussen sehr kalt ist. Wir können uns ja nachher im Restaurant aufwärmen. Dort werden auch die Fotos gemacht.

12

Am Samstag stehen schon die Autos bereit um Angela, Stefan und Tina, seine Familie, Michael und mich und auch Maria zur Kirche zu fahren. Es sind viele Menschen vom Ort gekommen, alle wollen dabei sein in der Kirche. Die Freunde von Angela, wie auch die von Stefan sind zum Essen eingeladen, jetzt warten alle bei der Kirche bis das Brautpaar kommt. In der Kirche spricht der Pfarrer nicht sehr lange. Es ist um diese Jahreszeit doch eher kühl in der Kirche. Wenigstens machen die Blumen die Stimmung wärmer und romantischer, sie verzaubern die ganze Kirche.

Als wir im Restaurant ankommen, stehen alle Gäste da, um dem schönen Brautpaar zu gratulieren. Angela hat wunderschöne Blumen im Haar, sie sieht aus wie eine Prinzessin. Stefan trägt einen hellgrauen Anzug, er strahlt alle an. Ein so glückliches Paar. Der Saal strahlt in einem zarten gelb der Blumen und Kerzen. Es ist überwältigend, Frau Spillmann hat sich selbst übertroffen, das kann man erst jetzt im Ganzen bewundern, es ist einfach traumhaft. Selbstverständlich haben wir sie und ihren Mann gerne eingeladen dabeizusein, sie freuen sich, dass alle ihre Blumen bewundern. Bis das Essen kommt, gibt es Getränke, so lernt man sich besser kennen.

Das auserlesene Menu schmeckt allen, es kommt natürlich nur das Beste auf den Tisch. Man kann auch nachbestellen, falls man noch hungrig ist. Die Wirtin bekommt viel Lob und freut sich, auch der Wein ist leicht, so dass man einige Gläser trinken kann. Auch Maria ist überrascht, wie schön alles geworden ist und geniesst es bei all den lieben Menschen hier zu sein.

Jetzt bringen sie die vierstöckige Torte herein in Weiss und Gelb, mit Rosen geschmückt, oben drauf die goldenen Ringe, die so glänzen, als ob sie echt sind. Es ist fast schade, dieses Prachtwerk anzuschneiden. Angela und Stefan halten sich an den Händen und schneiden sie gemeinsam an. Das erste Stück bekommt Tina, dann werden die weiteren Stücke an alle verteilt. Da beginnt schon die Musik zu spielen, der erste Tanz gehört dem Brautpaar, sie schweben dahin, als ob sie von einer anderen Welt wären. Dann dürfen alle auf die Tanzfläche, Michael nimmt mich bei der Hand und zieht mich mit, es ist als ob es nur uns gäbe, so wundervoll ist es in seinen Armen zu liegen.

Später, als wir uns verabschieden, kommt Angela mit dem Brautstrauss und drückt ihn mir in die Hand, als Dankeschön für alles. Welche wunderbare Freude, sie mir damit macht. Auch der Gutschein von Maria wird begeistert angenommen, sie bedanken sich ganz herzlich. Als wir mit Maria heimfahren, reden wir noch, wie schön diese Hochzeit war und hoffen, dass alle Fotos gut geworden sind, die ein Freund von Stefan gemacht hat. Maria verabschiedet sich, sie ist müde, es war doch ein langer Tag. Michael und ich sind nach diesem Tag noch ganz verzaubert, so endet er für uns in inniger Umarmung und Liebe.

Nächste Woche gehen Angela und Stefan in ihre einwöchigen Flitterwochen, wir passen so lange auf Tina auf. Danach noch eine Woche mit Tina in die Skiferien, um danach die ersten gemeinsamen Weihnachten zu Hause zu geniessen.

Michael und ich gehen am Sonntag zu Agnes, sie liegt da und nimmt gar nichts mehr wahr, auch wenn wir da sitzen, merkt sie es nicht mehr. Der Arzt sagt, wir müssen jeden Tag damit rechnen, dass sie einschläft, wir sagen ihm, er soll uns sofort anrufen, wenn es eine Veränderung gibt. So dass wir sofort kommen können. Wir verabschieden uns, Michael fährt Agnes über den Kopf, es ist eine so hilflose Geste, die einem weh tut. Ist es doch ein Stück Leben, das sie zusammen verbracht haben mit all den Erinnerungen. Sehr schlimm ist für Michael, dass sie alles vergessen hat, was schön war. Ein unglaublicher Schmerz für ihn. Wir drükken ihre Hand und gehen leise hinaus. Er sagt kein Wort, es ist jedesmal schwer für ihn, er nimmt meine Hand, als ob er jetzt diese Stütze braucht.

Die Eltern und Isabelle kommen nochmals in den Laden, um ein letztes Mal rumzustöbern und zu sehen, wie es mir geht. Isabelle nimmt einen Berg Bücher auf dem Arm, sie kann sich nicht entscheiden, also nimmt sie einfach alle. Wir haben viel gelacht, es waren lustige Tage, die so schnell vorbei gingen. Aber sie werden wiedermal zu Besuch kommen, da Stefan jetzt hier wohnt.

Dann kommt die Abreise von Angela und Stefan, Küsschen und Tränen vor allem von Tina, Umarmungen, dann geht es los. Am anderen Tag reisen auch die Eltern und Isabelle ab, es ist ein fröhliches Lachen das wir vermissen werden.

Michael und ich geniessen nun die ruhigen Tage und spielen viel mit Tina. Wir besprechen noch die nächsten Wochen, es gibt viel Arbeit zu erledigen. Ich brauche Michael die ganze Zeit im Laden. Der Weihnachtsverkauf läuft gut an, viele neue Bücher müssen noch ins Regal eingeordnet werden. Es ist wirklich viel zu tun. Die Woche geht schnell vorbei. Am Samstag kommen Angela und Stefan zurück und gehen dann direkt mit Tina in die nächste Ferienwoche, wir freuen uns, sie kurz zu sehen.

Am Montag schneit es zum ersten Mal. Im Laden ist alles weihnachtlich dekoriert. Für die Kinder haben wir bunte

Kugeln aufgehängt, die glänzen besonders schön. Auch hat es feines Weihnachtsgebäck für Gross und Klein. Für die Kinder gibt es neue Bücher, in denen sie stöbern können. Vom Restaurant haben wir eine feine Suppe da, diese hilft bei der Kälte draussen. Die Suppe kommt gut an bei den Kunden, so verweilen sie gerne bei einem Schwatz. Michael bedient die Kasse und packt ein, so dass ich im Laden bedienen kann. Es ist ein schönes Gefühl, ihn bei mir zu haben, manchmal lächelt er mir zu, es ist so viel Liebe in diesem Lächeln, als ob wir uns schon immer gekannt haben.

Ich freue mich auf Weihnachten, es ist das erste Mal, das wir zusammen feiern und beieinander sein dürfen. Es ist als ob durch ihn im ganzen Laden das Licht heller strahlt. Die Woche geht schnell vorbei, Angela, Stefan und Tina sind zurück, sie haben viel zu erzählen. Als sie kommen gibt es ein grosses Hallo, alle sehen erholt aus und freuen sich wieder hier zu sein. Bald ist Weihnachten und wir sind froh, wenn wir bis dahin alle Verkäufe und Bestellungen noch schaffen. Zwischen Weihnachten und Neujahr werden wir den Laden schliessen, die Ruhe wird uns gut tun.

Am Weihnachtstag geht Michael früher, er will noch Einkaufen, dann noch Maria abholen, die wir zum Essen eingeladen haben, so ist sie nicht alleine. Sie freut sich schon lange, dass sie bei uns sein darf. Angela schicke ich früher heim, da Stefan schon da ist, so kann sie in Ruhe feiern. Es läuft nicht mehr viel, sodass ich den Laden früher schliessen kann, ich freue mich aufs nach Hause gehen.
Es ist schön diese Weihnachten mit Michael zu feiern, dieses innige Zusammensein. Zu Hause warten Maria und Michael und freuen sich, dass ich endlich da bin, Michael nimmt mir den Mantel ab. Als ich ins Wohnzimmer

komme, steht ein wunderbarer Rosenstrauss auf dem Tisch. Der Wein ist schon eingeschenkt, so gibt es zuerst einen Schluck zur Begrüssung, es riecht wunderbar nach gutem Essen. Maria hat Michael geholfen alles vorzubereiten, damit er auch fertig wird, bis ich komme. Den Tisch dekorieren wir zusammen, es wird viel gelacht und ist ein fröhliches Zusammensein. Es gibt Kartoffelstock, Hackbraten und Gemüse. Maria hat eine feine Apfelwähe mitgebracht, die sie selber gemacht hat, die wir nach dem Essen probieren werden. Eine so liebevolle Vorbereitung gab es bei mir schon lange nicht mehr und das mit einem Mann, den ich von Herzen liebe. Ich kann es ihm nicht genug sagen, wieviel er mir bedeutet. Er lacht und sagt, ich sei das Licht in seinem Leben. Spät abends bringt Michael Maria nach Hause, ich beginne aufzuräumen, wenn er zurück kommt, können wir zusammen noch den Abend geniessen.

Am nächsten Morgen können wir ausschlafen, den Tag geniessen. Nach dem Frühstück gehen wir im Schnee spazieren, am See ist es wunderschön, eine richtige Winterlandschaft. Es ist ein bezaubernder Anblick, den wir geniessen. Als wir nach Hause kommen, haben Angela, Stefan und Tina einen Schneemann gebaut, er sieht aber nicht aus wie Stefan, meint Tina, aber dafür ist er lustig. Wir laden alle noch zum Kaffee ein zu uns. Sie erzählen von den Ferien, wie schön es war. Angela erzählt uns, dass sie schwanger ist. Alle freuen sich darauf am meisten Tina, dass sie bald jemanden zum Spielen hat.

Ich spreche mit Stefan, da ich den Laden aufgeben und das Leben mit Michael nur noch geniessen möchte, ohne zu arbeiten. Da Stefan in der Stadt als Bibliothekar tätig ist, würde es sich anbieten, dass er den Laden übernimmt. Stefan hätte ein grosses Wissen und auch Erfahrung mit dem Internet. Er will darüber nachdenken und auch mit Angela reden, was sie dazu meint, der Gedanke selbständig zu werden ist verlockend.

Der Buchladen ist zu einem persönlichen Treffpunkt geworden und viele Freundschaften wurden hier geschlossen, dies werde ich vermissen. Aber Stefan mit seiner fröhlichen Art wird bei den Kunden gut ankommen. Auch die Kinder werde ich vermissen, die Stofftiere sind beliebt und manches Kind fragt dann, ob man die mitnehmen könne. Wenn sie da stehen mit ihren grossen Augen und einem anschauen, dann kann ich einfach nicht nein sagen, diese glücklichen Gefühle werde ich vermissen.
Am anderen Tag kommt Stefan und sagt, er will den Laden übernehmen. Da er fast schon zur Familie gehört, machen wir einen guten Preis aus. Angela kann so lange es geht, wegen der Schwangerschaft, mithelfen, sie kennt

sich ja gut aus, so ist der Anfang für ihn leichter. Er würde die Küche weglassen und den Laden etwas ausbauen, da es ja die Kaffee-Ecke hat, wird die Küche praktisch nicht mehr benutzt. Er wird auch die Kinderecke in meinem Sinn weiter führen, was mir ganz wichtig ist.

Als wir zu Hause sind, kommt das Telefon vom Heim von Agnes, wir sollen sofort kommen. Als wir ankommen ist Agnes schon eingeschlafen. Wir stehen stumm da, ich sehe es Michael an, dass er froh ist, dass sie gut einschlafen konnte, ohne Schmerzen. Er sitzt da und hält ihre Hand, es ist ein Abschied und irgendwie ist er auch erleichtert, dass es nun ein Ende hat. Wir sprechen noch mit dem Arzt über die Beerdigung, die wegen den Feiertagen erst später stattfindet.
Michael will die Wohnung räumen und ganz zu mir ziehen. Wenn er noch einiges behalten will, kann er das zu mir bringen, er freut sich auf das neue Le-

ben mit mir, dass er nun geniessen darf und ist froh, dass er frei von all dem Schweren ist. Es war eine lange schwere Zeit für ihn.

Am Samstag findet der Silvesterball im Ort statt, wir freuen uns darauf, ich möchte ein hellblaues Kleid kaufen, leicht fliessend, etwas spezielles, dass ich dann bei anderen Gelegenheiten mit Michael auch wieder anziehen kann.

Endlich ist es soweit, als wir im Saal ankommen, sind schon viele Leute da, die uns begrüssen, Stefan, Angela und Tina, auch Maria ist da. Wir haben gemeinsam einen Tisch reserviert, so sitzen wir zusammen und geniessen diesen schönen Abend. Als es zum Tanz geht, hält Michael mich ganz fest in den Armen, es ist ein neues Gefühl und er geniesst es mir. Es ist als ob ich Flügel hätte. Ich fühle mich wieder jung und halte ihn ganz fest.

Um Mitternacht fragt er mich, ob ich ihn heiraten will. Ich sage ja. Mein Michael, jetzt gehört er wirklich mir und ich bin glücklich darüber, diese Nacht wird anders sein mit ihm, so ein Gefühl der Geborgenheit ist angekommen bei mir, diese grosse Liebe, die uns gehört.

Wir bemerken, dass Maria mit einem älteren Herrn tanzt, sie lacht viel und ist sehr fröhlich, wer weiss, ob sich da nicht noch etwas ergibt zwischen den beiden. Es wäre schön, wenn Maria nicht mehr so alleine wäre und jemanden hätte, der auch gerne mit ihr spazieren würde, dass macht sie ja oft.

Wir gehen nach Hause, als wir Maria fragen, ob sie mit uns kommen will, sagt sie Herr Faber bringe sie heim. So verabschieden wir uns auch von Herr Faber, der uns auf den ersten Blick sympathisch ist, ich glaube, dass er zu Maria passen würde.

13

Die Beerdigung von Agnes ist heute. Als Michael und ich die Kirche betreten, hat es schon viele Leute, der Pfarrer spricht schöne Worte über Agnes und wie tapfer sie ihre Krankheit bis am Ende getragen hat. Als die Beerdigung vorbei ist, sind wir erstaunt wie viele schöne Blumen die Menschen am Grab hinlegen. Agnes und Michael waren einfache und liebe Menschen im Ort, alle wünschen ihm alles Gute und dass er nun nach vorne sehen soll. Wir gehen mit den engsten Bekannten im Restaurant essen, so kann noch über vieles geredet werden, besonders über Agnes, die dazu gehört hat im Dorf und sehr beliebt war bei den Leuten.
Michael lässt die Wohnung räumen, es ist einfacher für ihn, er hätte auch nicht die Kraft, dies selber zu tun. Einige Sachen, an denen er hängt, bringt er zu

mir, er sagt, dies sei nun sein neues Leben und er fängt es gerne mit mir an.
Wir wollen eine Reise machen, sobald Stefan den Laden übernimmt. Wir sind froh darüber. So steht unserer Reise nichts mehr im Weg. Wir entscheiden uns für Venedig, das war schon lange mein Traum, nun soll er Wirklichkeit werden und das mit Michael.

Stefan kann schon in 3 Wochen den Laden übernehmen, wir freuen uns. Es wird ein Einweihungsfest geben, die Küche wird schon nächste Woche umgebaut. Dort entsteht eine neue Abteilung für Fachbücher übers Internet, das Spezialgebiet von Stefan. Nach ein paar Tagen ist der Umbau fertig, die ehemalige Küche ist in einem feinen rot gestrichen, so passen die weissen Korbsessel zum Verweilen gut dazu. Die Kunden werden sich freuen, neue helle Lampen hängen auch schon.

Nächste Woche ist Einweihungsfest, wir verschicken Prospekte und hoffen, dass viele Kunden kommen, für Stefan ist es wichtig, die Leute kennen zu lernen. Es gibt noch einiges zu tun im Laden, der nun ganz die Persönlichkeit von Stefan hat.

Am Eröffnungstag stehen Angela und Stefan im Laden, natürlich darf auch Tina nicht fehlen. Auch Michael und ich helfen mit, da Stefan jede Hand gebrauchen kann. Es kommen viele Kunden, die neugierig sind, wie Stefan wohl ist, aber als sie ihn sehen, sind alle begeistert. Der Laden passt wirklich zu ihm, seine freundliche, fröhliche Art nimmt alle gefangen. Der Anfang ist gemacht, es wird geplaudert, viel gefragt über ihn, auch gelacht. Ich kann froh sein, dass er so gut ankommt bei den Leuten. Auch die Kinder stehen um ihn, fassen ihn an, lachen, die Kinder-Ecke hat neue Spielzeuge bekommen und der ganze Laden wirkt durch den neuen Raum grösser, so dass man gar nicht mehr weg will. Es ist wirklich ein gelungener Tag. Wir sind froh, dass wir jetzt Zeit für uns haben und verabschieden uns von Stefan und Angela. Ich bin froh mit Stefan einen so guten Nachfolger gefunden zu haben.

14

Wir wollen eine einfache Hochzeit im Standesamt feiern, Michael ist dies angenehmer, kurz nach dem Tod von Agnes. Sie soll schon bald sein. Es gibt noch einiges zu erledigen und zu organisieren. Es ist so schön so in den Tag zu leben, ohne Geschäft und doch traurig, dass Alltägliche zurück zu lassen. Aber Michael wird mir helfen, dass ich den Laden loslassen kann, war er doch mein Traum. Aber ohne diesen Traum hätte ich Michael nicht kennengelernt, das ist mein grösstes Glück. Wir werden einige Leute, die uns nahe stehen einladen zur Hochzeit. Das Essen machen wir im Restaurant bei der lieben Wirtin. Für uns ist sie seit der Hochzeit von Angela und Stefan eine gute Freundin geworden, sie heisst Petra. Ich freue mich auf diesen Tag, er wird der schönste in meinem Leben sein.

Als wir Maria besuchen, begrüsst sie uns freudig und sagt, sie sei nicht allein, Herr Faber sei da. Als wir ins Wohnzimmer kommen, begrüsst uns Herr Faber herzlich. Wir sind überrascht, wieviel Sympathie von ihm ausgeht, als wir beim Kaffee sitzen sagt er, sein Name sei Rico. Es ist als ob wir ihn schon lange kennen würden. Wir fragen Maria, ob sie unsere Trauzeugin sein möchte, sie sagt voller Freude ja, Rico ist natürlich auch zur Hochzeit eingeladen. Es wird ein gemütlicher Nachmittag, wir sprechen viel über unsere Hochzeit. Als wir heimgehen, sind wir so froh, dass Maria so einen lieben Menschen kennengelernt hat. Genug gearbeitet hat sie ja, dass es ihr jetzt gut geht, hat sie verdient.

15

Heute ist die Hochzeit, ich habe ein einfaches langes Kleid an, in einem dunklen Goldton, es ist etwas Besonderes. Für Michael möchte ich strahlen, dass er sich in mich heute nochmals verliebt. Viele Freunde warten auf uns, als wir ins Standesamt kommen. Wir freuen uns so auf die Hochzeit. Michael in seinem hellgrauen Anzug strahlt über das ganze Gesicht, so viele Hände muss er schütteln. Im Restaurant ist alles wunderbar gedeckt, wir staunen, wie schön es ist, Angela ist mit Stefan und Tina da, Maria lässt ihren Rico nicht mehr los. Den beiden sieht man das frische Glück an. Wenn wir in die Ferien gehen und zurück kommen, gibt es sicher einige Spaziergänge, die wir vier zusammen unternehmen können. Das Essen ist sehr gut und wird von allen gelobt. Besonders die Torte, die diesmal nur zweistöckig ist, aber es sind ja auch nicht so viele Gäste da. Oben auf der Torte hat es drei rote Rosen, die wir als Andenken an unseren Tag mitnehmen. Als dann die Musik spielt und wir zusammen tanzen ist wieder diese Zusammengehörigkeit zwischen uns, die immer bleiben wird. Die Leute bleiben noch länger, wir gehen etwas früher, da morgen unser Abreisetag ist. Gepackt haben wir schon. Alle verabschieden sich und wünschen uns viel Glück und eine gute Reise.

16

Am Morgen steht das Taxi da, die Koffer sind verstaut. Angela, Stefan und Tina sind da, auch Maria und Rico sind gekommen. Es gibt viele Tränen, aber wir sind ja nur zwei Wochen weg, die viel zu schnell vorbei gehen werden. Ich weiss jetzt schon, dass dies die schönsten Ferien in meinem Leben werden. Michael hält mich im Taxi an der Hand, mit dieser grossen Liebe nach Venedig zu gehen ist mein ganzes Glück. Wir schauen nochmals zurück, alle stehen sie da und winken, es ist ein vertrautes Bild, alle diese lieben Menschen zu kennen und zu lieben. Sie freuen sich schon auf alle die schönen Postkarten, die kommen werden, besonders Maria. Sie steht da, so voller Glück und winkt, bis sie uns nicht mehr sieht.

Was wird wohl in diesem geheimnisvollen Buchladen noch alles passieren?

Herstellung und Verlag:
BoD – Books on Demand, Norderstedt
ISBN 978-3-7322-3561-2